ROBY

LA COMPARSA DEL PET MISTERIOSO

Pubblicato per

FABBRI EDITORI

da Mondadori Libri S.p.A.

Soggetto e sceneggiatura: Roby (Roberta Alcamo) e Francesco Matteuzzi
Matite e chine: Silvia Bancora
Colori: Antonio Fassio e Alessandra Medulla
Prima edizione: ottobre 2022

ISBN 978-88-915-8796-1

Realizzazione editoriale: Studio RAM

ROBY

LA COMPARSA DEL PET MISTERIOSO

UN'AVVENTURA A FUMETTI

FABBRI EDITORI

PROLOGO

L'AVVENTURA FINO A QUI

CONOSCETE GIÀ IL MONDO DI ROBY E DEI SUOI AMICI?
MA SÌ CHE LO CONOSCETE!
È UN MONDO QUASI UGUALE AL NOSTRO...
QUASI UGUALE...

QUI OGNI UMANO È ACCOMPAGNATO DA UN *PET*, CHE NON È SOLO UN ANIMALE DOMESTICO MA ANCHE IL SUO MIGLIORE AMICO.

QUESTA INVECE È LA CASA IN CUI VIVE ROBY...
MA ASPETTATE UN MOMENTO...
ECCOLA, È PROPRIO LEI, *ROBY!*
AH, SÌ, DOVETE SAPERE CHE LEI È UNA VERA EROINA...
LO SO, LO SO, A GUARDARLA NON SI DIREBBE, EPPURE...
MA ANDIAMO CON ORDINE...
ECCO, QUESTO È ***POLAR***, IL PET DI ROBY.
NON CI CREDERETE, MA FRA TUTTI I PET CONOSCIUTI LUI È L'UNICO IN GRADO DI PARLARE...
BLA BLA, BLA BLA ***E POI*** BLA BLA BLA E ***NON TI RENDI CONTO CHE*** BLA BLA BLA ***E INSOMMA***...
SÌ, A VOLTE SE NE APPROFITTA UN PO'...

ROBY HA ANCHE MOLTI AMICI, LUI PER ESEMPIO È FRANCY, IL SUO FIDANZATO. L'ALTRO È IL SUO PET, CHE SI CHIAMA POPOLLO...
NON SEMBRA ANCHE A VOI CHE SIANO FATTI L'UNO PER L'ALTRO?
LORO INVECE SONO PINKY E IL SUO PET KITTY. NON SONO ELEGANTISSIME?
(DITE DI SÌ: PINKY CI TIENE UN SACCO AL SUO LOOK!)
Pinky
PINKY HA UNA COTTA COLOSSALE PER REROLL, IL RAGAZZO PIÙ DURO E FICO DELLA SCUOLA...
LUI NON DÀ MOLTA CONFIDENZA AGLI ALTRI MA È MOLTO AFFEZIONATO A BOXY, IL SUO PET.
POI C'È LARA... BE', NEL SUO CASO DEFINIRLA AMICA SAREBBE FORSE UN PO' TROPPO. LEI È RICCHISSIMA E...
OH, METTIAMOLA COSÌ: SA ESSERE PUNGENTE PROPRIO COME IL SUO PET, QUEEN.

COMUNQUE SIA, INSIEME HANNO SALVATO LA LORO E MOLTE ALTRE DIMENSIONI...
SONO DEGLI EROI!
DEGLI EROI VERI!
AH, GIUSTO... CI STAVAMO DIMENTICANDO DI QUALCUNO...
LUI È MICKY.
VIENE DA UN'ALTRA DIMENSIONE ED È APPENA ENTRATO A FAR PARTE DEL GRUPPO DEI NOSTRI AMICI.
ANCORA NON HA UN PET MA... OH, VEDRETE, VEDRETE...
FORZA, COMINCIAMO!

CAPITOLO 1

ARRIVA BOBBY!

IN UNA VILLA LUSSUOSISSIMA QUALCUNO STA TRAMANDO NELL'OMBRA...
QUINDI, ROBY, TU, I TUOI AMICI E IL TUO ORSO POLARE AVETE LETTERALMENTE SALVATO L'UNIVERSO...
COME VI FA SENTIRE QUESTA COSA?
IN REALTÀ NON ABBIAMO FATTO NULLA DI CHE...
STAVAMO SEMPLICEMENTE CERCANDO DI SALVARCI LA VITA!
MA CHE PERSONA D'ORO, NON SI VUOLE PRENDERE IL MERITO...
GRRR...
GOD
PERÒ TUTTO IL MONDO SA CHE VOI SIETE DEI VERI ERO...
FLIP

MA CHI SI CREDE DI ESSERE? MA QUALI EROI?
SONO SOLO UN BRANCO DI SCEMI!
SBAM!
UFFA, MORTIS, ABBIAMO GIÀ PARLATO DEI TUOI ATTACCHI DI RABBIA... GUARDA QUI, HAI ROVESCIATO TUTTO!
BLACKY, SAI CHE QUI NON DEVI USARE IL MIO NOME! IO QUI SONO IL **COMANDANTE DELLA BLOXWATCH!**
AAAH, GIUSTO! D'ACCORDO, COMANDANTE, COSA STAVA GUARDANDO?
STUDIAVO IL NEMICO!
CON LE ATTREZZATURE FINANZIATE DA MIO PADRE, GLI FAREMO VEDERE QUANTO SONO DEBOLI!

PERCHÉ I VERI EROI DI QUESTA CITTÀ *SIAMO NOI!* DIVENTEREMO I PIÙ FORTI ANCHE GRAZIE ALLA NOSTRA RICERCA!
MUAHAHAHA!
MORTIS, STO LAVORANDO! ABBASSA LA VOCE E SMETTILA DI FARE TUTTO QUESTO BACCANO QUANDO GIOCHI!
URGH!
NON STO GIOCANDO, PAPÀ! LA MIA ORGANIZZAZIONE È VERA E SOPRATTUTTO SEGRETA, QUINDI NON URLARE!
A PROPOSITO DELLA RICERCA... ERO VENUTA PROPRIO PER QUESTO!
È IL NOSTRO GIORNO, COMANDANTE! IL RADAR HA SEGNALATO UN'ANOMALIA!
E QUANDO AVEVI INTENZIONE DI DIRMELO?
ECCO, IO...
PERFETTO! FINALMENTE IL LAVORO DI MESI STA PER CONCLUDERSI.
ABBIAMO QUEL CHE CI SERVE PER SCHIACCIARE QUEI PERDENTI!

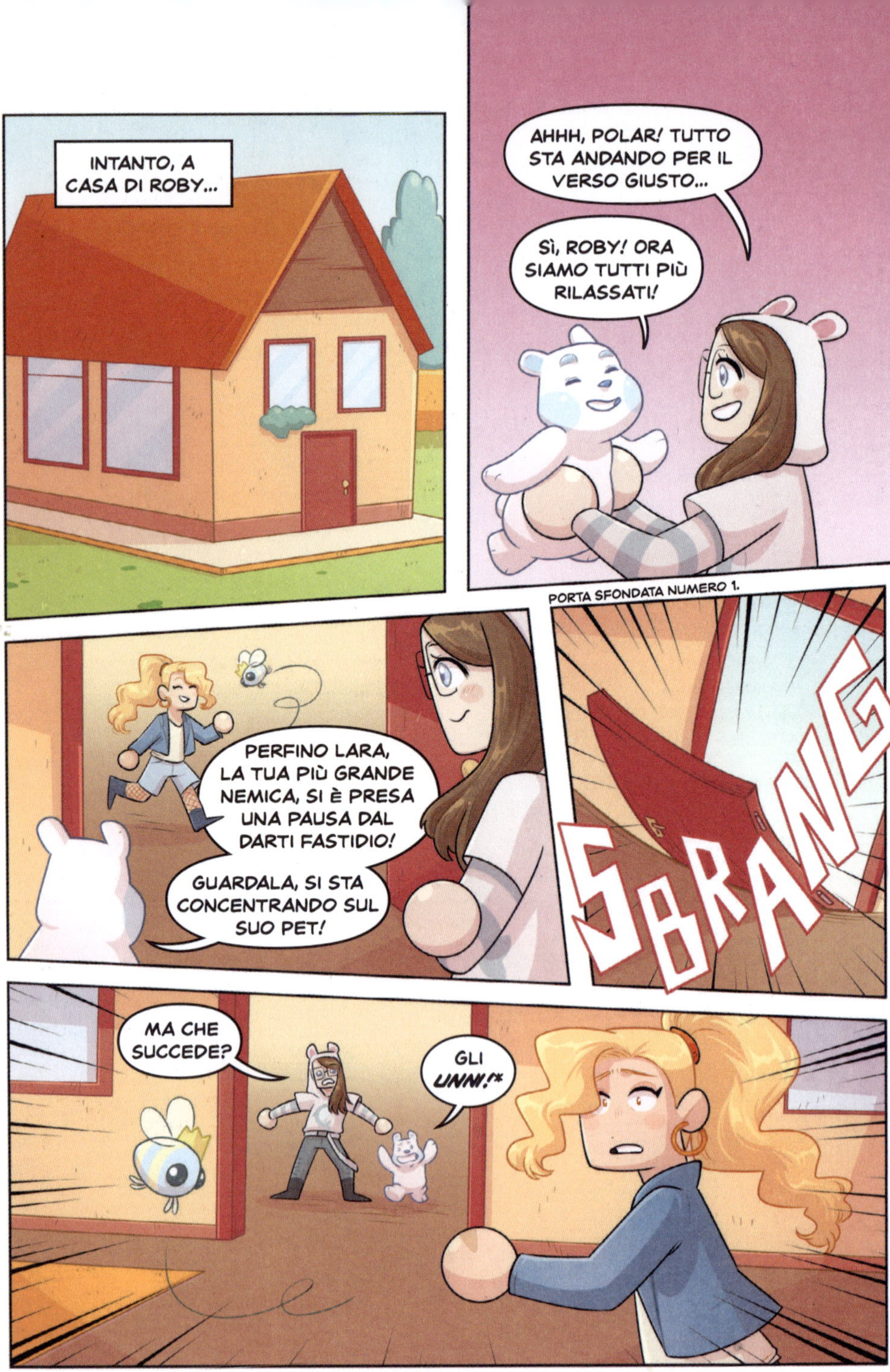

* VIOLENTI GUERRIERI PROVENIENTI DALLA SIBERIA... PAUUURA!

CAVOLO, RAGAZZI, CI HO MESSO UN'ORA!
CON IL COMANDO VOCALE **NON SI APRIVA!**
MICKY, CHE CAVOLO HAI FATTO? SI APRE USANDO LA MANIGLIA!
OH, SCUSATE...
NEL MIO TEMPO LE PORTE SI APRONO CON LA VOCE!
LO SO CHE VIENI DAL FUTURO MA LA PROSSIMA VOLTA CERCA DI CHIEDERE!
ADESSO LA DOVREMO AGGIUSTARE!
OH, TI AIUTO!
NO, NO! CI PENSIAMO IO E POLAR...
NNGHHH...
MA... MA IO...
SE TI ANNOI, VAI DA QUALCUN ALTRO!
UFFAAA!!!
ANDRÒ A VEDERE COSA STA FACENDO FRANCY...
USANDO **LA MANIGLIA** STAVOLTA!

EHM...
DISTURBO?

C... CIAO, FRANCY! CHE FAI?
NON LO VEDI? STO CERCANDO DI BATTERE POPOLLO A CHI FA PIÙ UOVA MA VINCE SEMPRE LUI!
NNNGGHHH...
NIENTE DA FARE, NON CI RIESCO! A QUESTO GIOCO POPOLLO È INSUPERABILE!
POSSO PARTECIPARE ANCH'IO?
NO, NO... QUESTO È UN GIOCO SOLO MIO E DEL MIO PET, MI DISPIACE!
E VA BENE...
CHE SCATOLE, PERÒ!
NON POSSO MAI FARE NIENT...
!

WOW, PINKY! OGGI SEI BELLISSIMA, DAVVERO INCANT...
SÌ, MICKY, VA BENE, PERÒ BASTA! NON TI SOPPORTO GIÀ PIÙ!
VEDO CHE TU E KITTY VI STATE FACENDO BELLE, MI POSSO UNIRE?
ASSOLUTAMENTE NO!
E PERCHÉ? MI SENTO SUPER SOLO!
PERCHÉ È UN MOMENTO DI RELAX FRA ME E IL MIO PET!
SE TI ANNOI, VAI DAL TUO!
MA IO... IO...
SLAM!
IO NON HO UN PET!
TUTTI NE HANNO UNO TRANNE ME.
PERÒ... SE NE TROVASSI UNO ANCH'IO, POI NON SAREI PIÙ SOLO!

BENE, È DECISO! CERCHIAMO IL PET DI MICKY!
DOVE SEI, PICCOLINO?
SEI NASCOSTO QUI DENTRO?
O FORSE QUI?
MMM...
PENSAVO CHE LA RICERCA DI UN PET FOSSE PIÙ SEMPLICE...

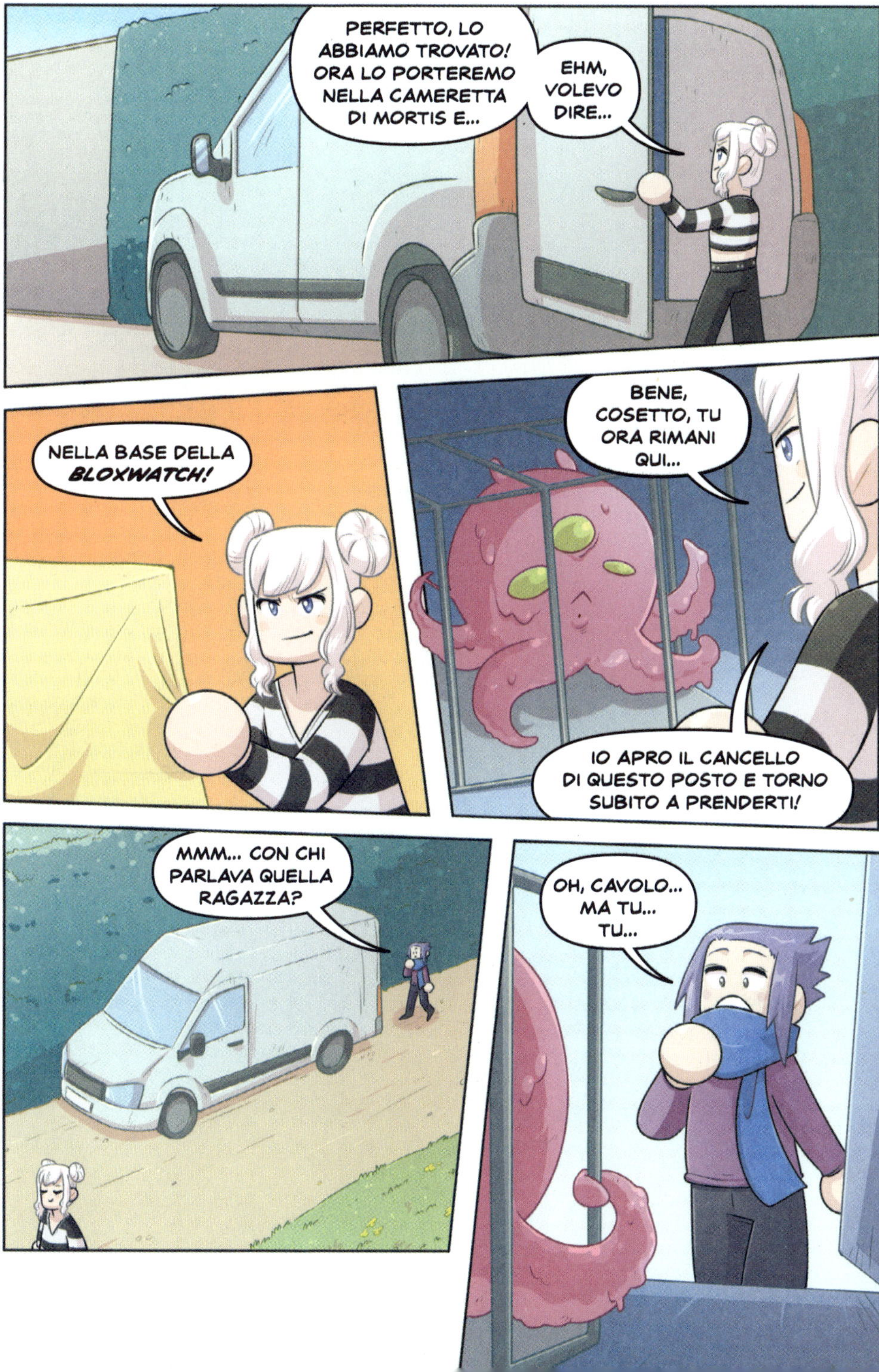
PERFETTO, LO ABBIAMO TROVATO! ORA LO PORTEREMO NELLA CAMERETTA DI MORTIS E...
EHM, VOLEVO DIRE...
NELLA BASE DELLA *BLOXWATCH!*
BENE, COSETTO, TU ORA RIMANI QUI...
IO APRO IL CANCELLO DI QUESTO POSTO E TORNO SUBITO A PRENDERTI!
MMM... CON CHI PARLAVA QUELLA RAGAZZA?
OH, CAVOLO... MA TU... TU...

SEI BELLISSIMO! COSA CI FAI IN GABBIA?
OOHHHH...
SLUSH
SEI ADORABILE... HO DECISO, TI PORTERÒ CON ME!
SARAI IL MIO NUOVO PET!
ASPETTA UN ATTIMO... NON TI STO RUBANDO, GIUSTO?
NAAA! ERI IN GABBIA, SEMMAI TI STO *SALVANDO!*
O ALMENO È QUELLO CHE DIRÒ QUANDO ROBY ME LO CHIEDERÀ!

BENE, BENE... SONO TORNATA, MOSTRICIATTOLO!
E ORA ANDIAMO DA MORTIS... EHM, DAL *COMANDANTE!*
UH, PENSAVO CHE PESASSI DI PIÙ!
POCO DOPO, A CASA DI ROBY...
GRANDIOSO! SIAMO STATI BRAVISSIMI...
PUFF, CE L'ABBIAMO FATTA!
RAGAZZI, HO UNA NOTIZIONA!
SBRANG!
PORTA SFONDATA NUMERO 2.
ROBY! STAI BENE?!
MICKY! UGHH!

TRANQUILLA, ROBY! ORA SEI ARRABBIATA, MA SARAI SUPER FIERA DI ME!
SPERO CHE TU ABBIA RAGIONE, PERCHÉ SONO DAVVERO FURIOSA!
ORA HO ANCH'IO UN PET!
GUARDA!
MA È INCREDIB... URGH! COS'È QUELLA ROBA?
TE L'HO DETTO, È IL MIO NUOVO PET! SI CHIAMA BOBBY!
OHH... SVENGO!
SANTO CIELO! PINKY!
PER TUTTI GLI ORSETTI POLARETTI, MICKY! DOVE L'HAI TROVATO?
È DAVVERO IMPORTANTE SAPERLO? È UN PET, PROPRIO COME TE...
E IO L'HO ADOTTATO!
NON SEMBRA PER NIENTE UN PET! È VISCIDO, BRUTTO E FA UNA PAURA MATTA!
EHI, NON DIRE QUESTE COSE! BOBBY HA DEI SENTIMENTI!
BLEAHHHH
SÌ, MICKY... È UN PET, MA NON UNO DA COMPAGNIA!

È MOLTO PERICOLOSO! SI TRATTA DI UN'ANOMALIA, UN PET NON AMICHEVOLE E NON ADATTO AL CONTATTO UMANO!
SPESSO LE ANOMALIE CERCANO DI UNIRSI AGLI UMANI SOTTRAENDOGLI IL CERVELLO!
COME GLI ZOMBI? MANGIANO I CERVELLI?
NON È PROPRIO COS...
MIO DIO! UN'APOCALISSE ZOMBI!
NON VEDO COSA C'È DI MALE SE SI VUOLE UNIRE A ME, MAGARI SI SENTE SOLO!
MICKY, È VIETATO CHE I PET SI UNISCANO AGLI UMANI! LI MANIPOLEREBBERO!
MA L'HO TENUTO PER TUTTO IL TRAGITTO E NON MI HA FATTO NIENTE!
SO CHE SEI TRISTE PERCHÉ NON HAI UN PET, MA DOBBIAMO ASCOLTARE POLAR...
LO DICE PER IL NOSTRO BENE!
RIPORTALO DOVE L'HAI TROVATO!
UFFA! E VA BENE...

PERÒ GLI SPEZZERÒ IL CUORE!
SICURI SICURI?
VAI!
TORNERÒ A ESSERE UN POVERO SFIGATO SENZA PET...
SIGH...
HAI RAGIONE...
ORMAI CI VOGLIAMO BENE, NON POSSO RIPORTARTI INDIETRO!

BOBBY

Al mondo esistono Pet di ogni tipo e, se siete fortunati, prima o poi incontrerete anche uno dei rarissimi Pet Leggendari. Bobby però è ancora più particolare!

Bobby è un'anomalia, e questo vuol dire che proviene da un'altra dimensione. Chissà: forse sono stati proprio Roby e i suoi amici, senza saperlo, a farlo finire nel loro mondo al termine

dell'ultima avventura che hanno vissuto. A differenza degli altri Pet, Bobby non ha le caratteristiche di nessun animale: con i suoi tre occhi, i numerosi tentacoli e quell'appiccicosa gelatina che lo ricopre, sembra invece un mostriciattolo uscito da un paurosissimo racconto dell'orrore! Micky l'ha trovato ("salvato", dice lui), gli si è già molto affezionato ed è convinto che sia splendido, ma tutti gli altri ragazzi non sembrano trovarlo così bello. E voi a quale fazione appartenete? Secondo voi Bobby è un Pet tenerissimo o è invece un mostro orribile?

Come dice Micky, forse sarebbe meglio non giudicare dalle apparenze...

CAPITOLO 2

INIZIANO I GUAI

NEL FRATTEMPO, ALLA BASE DELLA BLOXWATCH...
BLAAACKYYY! DOVE SEI?
NON HO INTENZIONE DI ASPETTARE ANCORA!
ECCOMI, COMANDANTE!
GLI UOMINI DI TUO PADRE... EHM, IL TEAM DI RICERCA HA FINALMENTE TROVATO IL PET ANOMALIA CHE CERCAVAMO!
QUESTO LO SO GIÀ, ORA PERÒ FAMMELO VEDERE!
QUESTO PICCOLETTO CI FARÀ DIVENTARE FAMOSI!
BENE, SIGNORE, LE PRESENTO...

...IL SOGGETTO 2567!
BLACKY! DOVE CAVOLO È IL PET?
EHM... NON CAPISCO COME SIA POSSIBILE, COMANDANTE! POCO FA C'ERA...
BEH, ADESSO NON C'È PIÙ!
PERÒ C'È UN FOGLIO... MAGARI HA IL POTERE DI DIVENTARE CARTA...
SÌ, DEVE ESSERE PROPRIO COSÌ!
SONO UN PET LIBERO E HO DECISO DI VIAGGIARE PER IL MONDO
SANTO CIELO, IL PET È SCAPPATO! HA DECISO DI FARSI UNA VITA!
COSA CAVOLO STAI DICENDO?!

È OVVIO CHE NON L'HA SCRITTO IL PET, È STATO QUALCUN ALTRO!
L'HANNO RUBATO...
ED È TUTTA COLPA TUA!!!
MI DISPIACE, COMANDANTE... LA PREGO, NON SI ARRABBI...
CONTROLLIAMO SUBITO LE TELECAMERE DI SICUREZZA, LA CASA NE È PIENA, ANCHE ALL'ESTERNO...
MA COSA...?
QUEL... QUEL TIZIO NON È UNO DEI RAGAZZI DA CUI È OSSESSIONATO, COMANDANTE?
MALEDETTI! LO HANNO SCOPERTO...
HANNO PAURA CHE IO DIVENTI PIÙ FAMOSO DI LORO E QUINDI LO HANNO RUBATO!
MA CERTO, È CHIARO... SI SENTONO MINACCIATI...
NON LA PASSERANNO LISCIA!

POCO DOPO...
BING
PUM
POLAR, CREDI CHE ABBIAMO ESAGERATO CON MICKY? ERA COSÌ SCONSOLATO...
NO, ROBY, SE GLIELO ABBIAMO DETTO, È SOLO PER IL SUO BENE. NON CI PENSARE...
D'ACCORDO... SE LO DICI TU...
BOOOM
COS'È STATO?

NULLA... SONO SOLO GLI EFFETTI SONORI DEL VIDEOGIOCO...
NON È IL VIDEOGIOCO! SONO TROPPO REALISTICI!
AAAAAH!
PORTA SFONDATA NUMERO 3. QUI HANNO SFONDATO ANCHE LA PARETE!
CHE SUCCEDE?
E PERCHÉ TUTTI MI DISTRUGGONO CASA?

ROBY, NEMICA MIA... MI ASPETTAVI, EH?
S... SCUSA?
E TU CHI SARESTI?
CHI SONO IO? AHAHAH!
STAI FINGENDO DI NON CONOSCERMI, EH?
MMM... NON È CHE HAI SBAGLIATO PERSONA?
FAI SUL SERIO?!
UGH! MI DATE AI NERVI! IO SONO MORTIS, IL COMANDANTE DELLA FAMOSISSIMA BLOXWATCH!
MAI SENTITA!
COSA VUOI DA NOI?
VI CREDETE COSÌ FICHI PERCHÉ TUTTI VI CONSIDERANO DEGLI EROI MA SIETE UN BRANCO DI PERDENTI!
AVETE SALVATO IL MONDO E POI VI SONO FINITE LE IDEE...
E QUINDI VOLETE RUBARE LA MIA, VERO?
LA TUA IDEA? NON SO DI COSA TU STIA PARLANDO...
DI QUEL PET GELATINOSO UNICO AL MONDO... E CHE MI APPARTIENE!
PARLI DELLO STRANO PET DI MICKY? GUARDA CHE LUI L'HA RESTITUITO! NON È VERO, MICKY?

EHM... POSSO SPIEGARE, ECCO...
MICKY! TI AVEVO DETTO DI RIPORTARLO INDIETRO!
STATE TUTTI LONTANI! LUI È MIO AMICO E NON LO LASCERÒ ANDARE VIA!
ORA BASTA!
ZZAPP

ADESSO VI SCONFIGGEREMO!
GOD
AIUTO! UN'ORDA ZOMBI!!!
SDENG
URGH!
SONO TANTISSIMI!
ALLONTANATEVI DAL MIO AMICO!
MI DISPIACE, MA IO NON POSSO FARE NIENTE...
VIENI, KITTY...

ANDIAMO A CHIAMARE QUALCUNO CHE CI POSSA AIUTARE!
DOVE PENSI DI ANDARE, SIGNORINA?
NON SONO AFFARI VOSTRI...
GOD
GOD
SPOSTATEVI, BRUTI!
FFFHHHH
PINKY! DIETRO DI TE!
COSA?
CHIUDIAMO QUESTA STORIA!
ZAPP
GOD

PINKY! NOOOOO!

COS'HAI FATTO ALLA MIA AMICA, MALEDETTO?
SEI UN *MOSTR...*
MI SA PROPRIO CHE NON SONO QUELLO ORIGINALE, SAI?
LE COPIE POSSONO SMATERIALIZZARSI E RIMATERIALIZZARSI A PIACIMENTO!
SWISH
OH, AMICO MIO, MI SA TANTO CHE SIAMO NEI GUAI...
COME FACCIAMO A USCIRE DA QUESTA SITUAZIONE?
CONSE-GNACELO SUBITO!
NON ABBIAMO ALTRA SCELTA, BOBBY... CI DOBBIAMO *FONDERE!*
MICKY, NON FARE PAZZIE! POLAR HA DETTO CHE È VIETATO!
MI SPIACE... MA È L'UNICO MODO.
WOOOSH

SORPRESI?

AAAHHHH!
BEH, PRENDETE QUESTO! DA PARTE MIA E DI BOBBY!
SBRAAM!

SWO OMM
SEI UN PAZZO MA ERO PREPARATO!
GAAAAAHH!
O MIO DIO! MICKY!
SWISH
OOOHHH...

UOMINI! PRENDETELI E PORTATELI ALLA BASE!
NO! FERMI!
AH! AH!
CI VEDIAMO, SFIGATI!
AH, ROBY? MI SA CHE NON SEI COSÌ FORTE COME DICONO...
AH!
AH!
AH!
AH!
NO... NO...

NOOOOOO!

ROBY, COSA... COSA È SUCCESSO?!
PINKY...
SE NE È ANDATA PER SEMPRE!
È SCOMPARSA DAVANTI AI MIEI OCCHI...
ED È COLPA MIA, NON SONO RIUSCITA A SALVARLA E ADESSO NON LA VEDRÒ MAI PIÙ...
NON FARE COSÌ, ROBY... NON È VERO CHE È COLPA TUA!

CHE SUCCEDE? COS'È TUTTO QUESTO PIAGNISTEO?
PIANGERE È DA DEBOLI!
LARA... PINKY SE NE È ANDATA!
ED È PER QUESTO CHE FRIGNATE? IN FONDO QUELLA STUPIDA ERA INSOPPORTABILE!
TUMP
MA COSA...?
QUEL TIPO LE HA SPARATO, È SCOMPARSA *PER SEMPRE!*
E PIANGERE NON È DA DEBOLI... UNA VOLTA O L'ALTRA, DOVRESTI PROVARE ANCHE TU A ESPRIMERE LE TUE EMOZIONI!
OH!
SOB
SIGH

BASTA! SONO STANCA DI VEDERE QUESTE FACCE!
LARA...
NO! FATEMI PARLARE!
CREDETE CHE PINKY SAREBBE FELICE DI VEDERVI STARE QUI A PIANGERE SENZA FARE NIENTE?
È VERO! PINKY VORREBBE CHE GLIELA FACESSIMO PAGARE A QUEL TIPO CON I CAPELLI A SCODELLA!
EH! EH! PINKY LO AVREBBE DI CERTO PRESO IN GIRO PER QUEI CAPELLI!
E AVREBBE VOLUTO VEDERCI RIPORTARE MICKY A CASA SANO E SALVO!
ODDIO... FORSE QUESTO UN PO' MENO!
SÌ... AVETE RAGIONE!

DOBBIAMO VENDICARE LA MIA MIGLIORE AMICA E RIPORTARE INDIETRO MICKY!
LO DOBBIAMO FARE PER LEI!
FORZA, RAGAZZI! TROVIAMO QUEL TIPO!
E COME FACCIAMO?
FACILE...
A QUEL TIZIO PIACE ESSERE AL CENTRO DELL'ATTENZIONE! IL SUO RIFUGIO SEGRETO NON È POI COSÌ SEGRETO!
BLOXWATCH
DAVVERO PATETICO!
TE LA SENTI, AMORE MIO?
SONO MOLTO SCOSSA, FRANCY... MA È L'UNICA COSA CHE POSSO FARE...
QUINDI ANDIAMO!

QUALCHE MINUTO DOPO...

BENE! ORA CHE SIAMO RIUSCITI A SCAVALCARE, DOBBIAMO ENTRARE NELLA CASA!
NON SARÀ COSÌ FACILE!
IL COMANDANTE AVEVA RAGIONE, NON VI ARRENDETE MAI!
MA, CONOSCENDOVI, NON SARÀ DIFFICILE RIUSCIRE A FERMARVI!
NOI RIVOGLIAMO SOLO IL NOSTRO AMICO!
COME SE NON VI VOLESTE RIPRENDERE ANCHE IL NOSTRO PET!
GUARDIE!
ATTACCATELI E BUTTATELI FUORI!

MA PERCHÉ MAI DOVREMMO VOLERE QUEL PET? È UNA CREATURA ORRIBILE!

È INUTILE FINGERE DI NON SAPERE CHE MORTIS, CON BOBBY, SI UNIRÀ AI SUOI ALTRI PET E DIVENTERÀ POTENTISSIMO!
DIVENTERÀ IL SUPEREROE DI QUESTA CITTÀ... E POI DEL MONDO!
E SARÀ MIGLIORE DI VOI!
ADESSO È CHIARO!
SIGNORINA, CIÒ CHE LEI DICE È ALTAMENTE SCONSIGLIABILE! LA FUSIONE È PERICOLOSA, NON DOVETE GIOCARE CON QUESTE COSE!
ZITTO, PALLINA DI LARDO!
I NOSTRI STUDI AFFERMANO IL CONTRARIO! SI PUÒ FARE SENZA ALCUN DANNO!
PALLINA DI LARDO! AH! AH! AH!
ANCH'IO PENSO CHE QUELL'ORSO SIA IN SOVRAPPESO!
EHI! IO SEGUO UNA DIETA STRETTISSIMA FATTA UNICAMENTE DI DOLCI!
SÌ... SEI DAVVERO FUORI FORMA!

QUESTA RAGAZZA SÌ CHE CAPISCE...
LARA, MA TU DA CHE PARTE STAI?
SONO TROPPI!
SPLAT
LARA, DACCI UNA MANO!
SMETTILA DI DARMI ORDINI, ROBY!
QUANTO TI CAPISCO... CI COMANDANO COME SE FOSSIMO INFERIORI...
GIÀ! SI CREDONO MIGLIORI DI NOI?
QUESTA STORIA NON MI PIACE...
NON MI PIACE PER NIENTE!

MORTIS

SEGNO ZODIACALE:	Cancro
PIATTO PREFERITO:	Pizza con ananas
COLORE PREFERITO:	Oro
ADORA:	Tentare di conquistare il mondo (o almeno di diventare famoso)
NON SOPPORTA:	Roby e i suoi amici (ma anche un sacco di altra gente)

CARATTERE: Mortis è un ragazzino viziato che ha deciso di diventare il supereroe della città. Altro che quegli imbranati di Roby e dei suoi amici: grazie alle enormi risorse che suo padre gli mette a disposizione, Mortis ha trovato il modo per ottenere poteri che siano davvero "super". È proprio a questo scopo che ha fondato la Bloxwatch, un'organizzazione segretissima con la quale soddisferà qualsiasi suo desiderio. E niente lo potrà fermare!

PET: Karen, una salamandra scontrosa e indisponente proprio come lui.

CAPITOLO 3

TRASFORMAZIONE!

TUMP
AHI! AHI! AHI!
TUMP
CLANG
UGH!
È TUTTO INUTILE! SONO PIÙ DI NOI E SONO ANCHE PIÙ FORTI, NON LI POSSIAMO BATTERE!
BE'... MICKY CI È RIUSCITO!
È STATO INCREDIBILE!
PAT
PAT
MA NOI NON SIAMO LUI... E NON SIAMO NEMMENO IL SUO AMICHETTO SCHIFOSETTO!
PERÒ POSSIAMO DIVENTARE COME LUI GRAZIE A QUESTE!

BLEAH! SEI SEMPRE IL SOLITO! MA DOVE HAI TROVATO QUELLA ROBACCIA?
L'HO PRESA QUANDO VOI ERAVATE IMPEGNATI A CAPIRE COME ARRIVARE QUI...
ERANO LÌ A TERRA! SEMBRAVANO DELLE GELATINE DE-LI-ZIO-SIS-SI-ME!
E IN TUTTA QUESTA BARAONDA SONO RIUSCITO AD ASSAGGIARNE SOLO UN PEZZETTINO...
PERÒ SUBITO DOPO POPOLLO È SCOMPARSO E IO HO COMINCIATO A FARE...
CO-CO!

È UN'IDEA STUPIDA E SCHIFOSA!
MA SEMBRA PROPRIO CHE NON ABBIAMO ALTERNATIVE!
ROBY, HO GIÀ DETTO CHE NON È IL CASO...
POLAR, SE È L'UNICO MODO PER VENDICARE PINKY E SALVARE MICKY, DEVO FARLO!
NON POSSO CREDERE DI STARE PER DIRLO, MA...
VA BENE!
E ALLORA...
FACCIAMOLO!
URGH! CHE SCHIFO!
NON È MALE, INVECE...
MA COSA...?

WHOOOOOSH

SHHHHH

È... È INCREDIBILE! È UNA SENSAZIONE FANTASTICA, LE DOBBIAMO MANGIARE TUTTI!
SENTO DI AVERE DEI POTERI STRABILIANTI!
OOOPS!
SHWZAAM
FICHISSIMO! ANCH'IO VOGLIO AVERE UN POTERE COSÌ!
SHWAAMMM
CO
OO!

PORTA SFONDATA NUMERO 4.

ALL'INTERNO DELLA BLOXWATCH...
BENE, BENE... COSA ABBIAMO, QUI? UNA PRIGIONIERA?
OTTIMO LAVORO, BLACKY!
PRIGIONIERA? NIENTE AFFATTO!
PIUTTOSTO, STO VALUTANDO DI UNIRMI A VOI... SEMBRA CHE SAPPIATE IL FATTO VOSTRO!
QUESTA È MUSICA PER LE MIE ORECCHIE! È *OVVIO* CHE SIAMO MEGLIO DI QUEL GRUPPO DI BABBEI CON CUI SEI ARRIVATA!
E DIVENTEREMO ANCHE PIÙ POPOLARI DI LORO...
CI ACCLAMERANNO COME DEI ***VERI EROI!***

BENE! IO STO SEMPRE DALLA PARTE DI CHI VINCE.
E OGGI ROBY NON HA PERSO SOLO LA SUA MIGLIORE AMICA, MA ANCHE LA SUA DIGNITÀ!
ERA COSÌ DISPERATA CHE SI È MESSA ANCHE A MANGIARE LA SPAZZATURA... L'HO VISTA!
LA SPAZZATURA? IN CHE SENSO?
GOD
UNA STRANA MELMA RACCOLTA DA QUELLO STUPIDO DEL SUO RAGAZZO... UN VERO SCHIFO!
ASPETTA UN ATTIMO! MELMA?
MORTIS, ABBIAMO UN *GROSSO* PROBLEMA! ***CORRI SUBITO QUI!***

QUANTE VOLTE DEVO DIRTELO CHE NON MI DEVI CHIAMARE MORTIS?
MA COSA...?
SPLAT!
UN UOVO? MA DA DOVE...?
EH! EH!

NON CI POSSO CREDERE! QUELLA MALEDETTA HA CAPITO COME USARE IL POTERE DEL PET!
FORSE È MEGLIO SE CI ARRENDIAMO, CHIAMIAMO TUO PADRE E...
NO!
LA BLOXWATCH NON SI FERMA PER COSÌ POCO!

LARA! BLACKY! VI ORDINO DI BERE E DI USARE I VOSTRI PET!
VI FONDERETE E SPAZZERETE VIA ROBY!
COSA?!
MA SÌ... IO E LA MIA APE REGINA SIAMO PIÙ FORTI DI LEI!
SARÀ DIVERTENTE SCONFIGGERLA!

NEL FRATTEMPO...
FERMATE GLI INTRUSI!
TOGLIETEVI DI MEZZO! STO CERCANDO IL VOSTRO CAPO!
FWOOOM
CON PERMESSO!
EHM... SALVE...
COOOO...
BENE! IMMAGINO CHE MICKY E BOBBY SI TROVINO QUI!
BLOXWATCH

MENO MALE CHE SIAMO ARRIVATI, TENERE QUESTO POLLO IN BRACCIO È FATICOSO!
PKOOO
EHI, SMETTILA! MI FAI MALE!
TUP TUP TUP
RAGAZZI, NON È IL MOMENTO DI PERDERE TEMPO!
E, REROLL, NON DIRE MAI PIÙ CHE FRANCY È INUTILE!
ECCO! BRAVA ROBY!
OH, QUINDI PARLI?
IO? EHM...
COOO...
SE MI STAI PRENDENDO IN GIRO, GIURO CHE...
AVANTI! POSSIAMO FARCELA...

E CE LA FAREMO!
SLAM
PORTA SFONDATA NUMERO 5.
ROBY, NON LO SAI CHE LE PORTE SI APRONO CON LA MANIGLIA?
O È UNA COSA CHE VALE SOLO QUANDO LA PORTA È LA TUA?
SEI PASSATA DALLA PARTE DEL NEMICO, EH?
STAVO COMINCIANDO A FIDARMI DI TE... NON AVEVAMO FATTO PACE?
PACE? AH! AH! AH! AH!
HAI SCAMBIATO LA NOSTRA TREGUA PER AMICIZIA!
RICORDALO, TU SARAI SEMPRE LA MIA PIÙ GRANDE NEMICA!
?
E POI, MI SEMBRA OVVIO PERCHÉ PREFERISCE NOI A VOI...

SIETE SOLO UN POLLO E UNA SCIOCCA CHE SI CREDE FORTE!
VERAMENTE CI SAREI ANCH...
CHE DICI, AMICA MIA? LI SCHIACCIAMO SUBITO?
PERCHÉ FATICARE? BASTERÀ QUALCHE ALTRA GUARDIA PER FARLI SOCCOMBERE...
GUARDIE!
SONO DAVVERO TROPPI, ROBY! E FRANCY NON TI PUÒ AIUTARE!
OH, SÌ CHE PUÒ...
FWZOM
SWAMM
FRANCY! INVENTA QUALCOSA!

AMORE, NON SAPREI CHE FARE!
ECCO! LO SAPEVO CHE *PARLA!*
ROBA DA MATTI!
CONCENTRATI!
VA BENE. ALLORA...
NNGHHH...
NNNGHHHH...
NNNYAAHH!!!
POP

FINALMENTE HO BATTUTO POPOLLO!
WNOM

HO BATTUTO POPOLLO...
AH!
OTTIMO LAVORO, FRANCY!
CRAC
SHWAM
SONO IMMOBILIZZATI!
FRANCY, SEI UN VERO SUPEREROE!
SIETE SEMPRE COSÌ DISGUSTOSI...
GRAZIE... FACCIO DEL MIO MEGLIO!
ADESSO VI FAREMO VEDERE QUANTO INUTILI SIANO I VOSTRI POTERI!
AMMIRATE COSA SIGNIFICA ESSERE DEI *VINCENTI!*
CI BASTERÀ UN GOCCIO PER TRASFORMARCI!
LARA! NOOOOO!

WHOOOOSSSSHHHH

BLACKY

SEGNO ZODIACALE:	Bilancia
PIATTO PREFERITO:	Ravioli cinesi al vapore
COLORE PREFERITO:	Il nero, soprattutto se affiancato al bianco
ADORA:	Il rock'n'roll
NON SOPPORTA:	Quando il suo valore viene sminuito

CARATTERE: Blacky è una vera rockettara e quando ci sono i Turpizozzi in concerto lei è sempre in prima fila. Nonostante la sua grande energia, però, nella vita di tutti i giorni mostra poca forza di volontà e finisce per lasciarsi facilmente manipolare. Questo succede soprattutto con Mortis, del quale è amica ma che spesso con lei si comporta da prepotente. Non è comunque una cattiva ragazza, il suo problema è che a volte frequenta le compagnie sbagliate...

PET: Grongo, un gorilla che, purtroppo per Blacky, odia il rock'n'roll e adora l'opera.

CAPITOLO 4

AMICI, ALLEATI E TRADITORI

AMMIRATE!
SALUTATE LA REGINA!

PRENDI QUESTO, ROBY!
SZICT
SZICT
SZICT
AAHH!
IO ODIO LE API!
SWOMM
VIENI QUI! VOGLIO SOLO FARTI UNA PUNTURINA!
AAH!
LARA, FERMATI! COSÌ È TROPPO!
TUMP

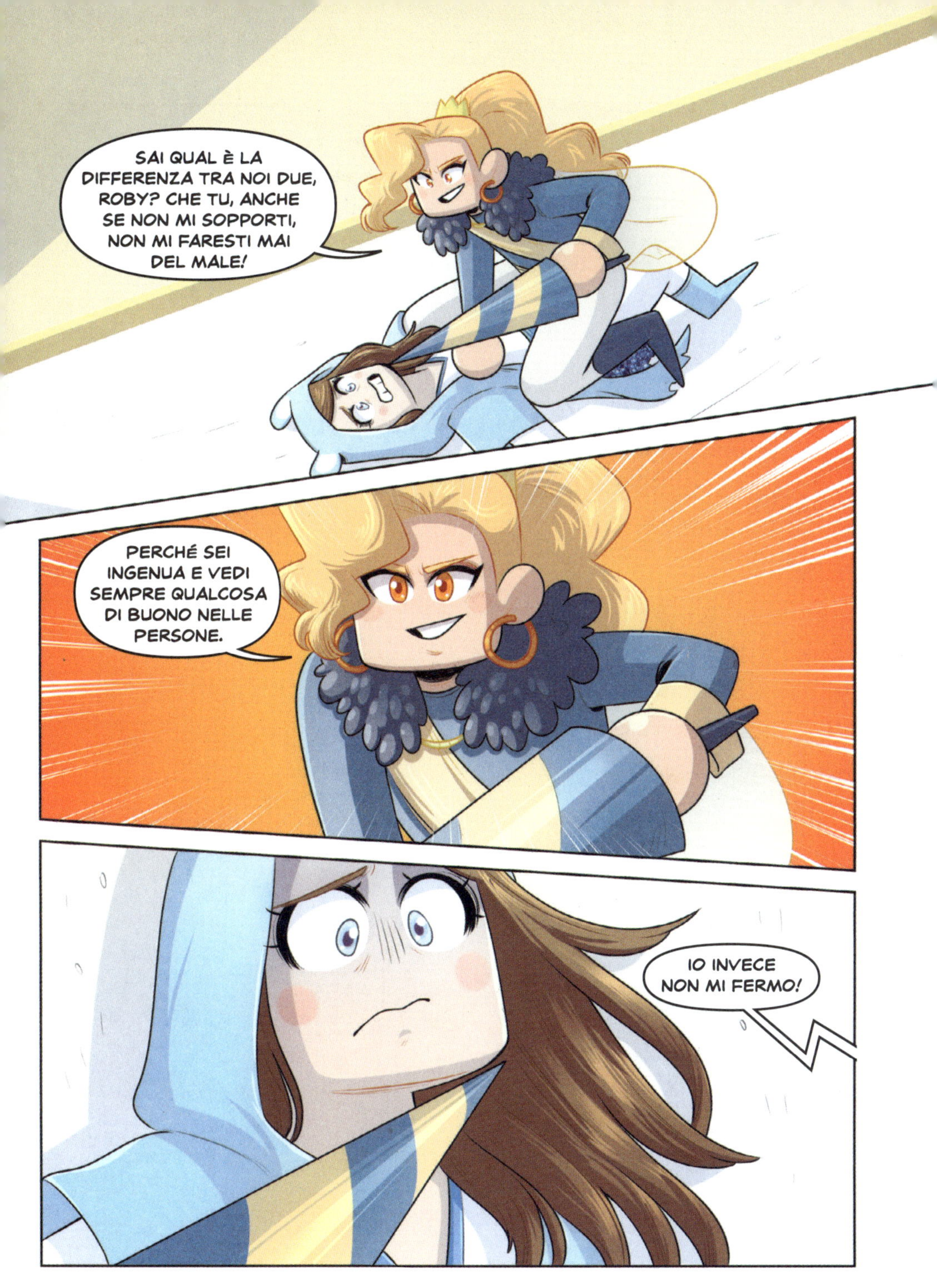
SAI QUAL È LA DIFFERENZA TRA NOI DUE, ROBY? CHE TU, ANCHE SE NON MI SOPPORTI, NON MI FARESTI MAI DEL MALE!
PERCHÉ SEI INGENUA E VEDI SEMPRE QUALCOSA DI BUONO NELLE PERSONE.
IO INVECE NON MI FERMO!

UGH!
PER FORTUNA QUELLA BRUTTA SCIMMIA IN CUI SI È TRASFORMATA BLACKY CI STA IGNORANDO!
"BRUTTA"? VIENI QUI, GALLINACCIO!
AIUTO! STO PER FARMI UN UOVO ADDOSSO!
NON È IL MOMENTO, FRANCY! CONTINUA A CORRERE!
TI PREGO, REROLL, DIMMI CHE HAI UN PIANO!
NON FUNZIONERÀ NIENTE!
SBRAM!
PER UN PELO!

DOPO ESSERE SFUGGITI...
LEI È GIGANTESCA, NO? ALLORA SÌ, HO UN PIANO!
FRANCY, INSULTALA ED ESCI DA QUEL VARCO CHE HA CREATO!
FALLO E BASTA!
COSA? MA SEI PAZZO?!
E VA BENE...
EHI, *SCIMMIONA*, VIENI A PRENDERMI!
UGH! NON MI SCAPPI, PICCOLO!
MA COSA...?
FUP
GRRRR!
SÌ!
HA FUNZIONATO!

GRARR
BLACKY!
CAVOLO! NON DOVEVA ANDARE COSÌ!
TE NE VAI? DOPO TUTTE QUELLE MINACCE?
STAMMI LONTANA, ROBY! I TUOI AMICI HANNO FATTO DEL MALE A BLACKY, MA DOVEVATE SOLO *FINGERE* DI PERDERE!
TU STAI PIANGENDO! CI TIENI DAVVERO A QUELLA RAGAZZA!
E POI... FINGERE?!
SÌ, CI TENGO, VA BENE? BLACKY È SOLO UN'INCOMPRESA, COME ME!
LEI MI CAPISCE E VOLEVO AIUTARLA A LIBERARSI DI QUEL RAGAZZINO VIZIATO...
VOLEVO DISTRARRE MORTIS DAL COMBATTIMENTO, MENTRE LEI ROMPEVA UNA ALLA VOLTA LE TELECAMERE...

QUINDI ERA TUTTA UNA MESSINSCENA, SONO SCONVOLTA!
SONO UN'OTTIMA ATTRICE, LO SO! ORA PERÒ LIBERIAMO BLACKY!
SIAMO SICURI CHE...
SPINGI!
SWUP!
E ORA? MORTIS AVRÀ SCOPERTO CHE LO STAVAMO TRADENDO!
CAMBIO DI PROGRAMMA! SFONDIAMO LA PORTA!
BUTTARE GIÙ LE PORTE STA DIVENTANDO UN VIZIO, MA VA BENE!
VAI, BLACKY!
FWOSHH
PORTA SFONDATA NUMERO 6.
SLAM

MORTIS, NON HAI PIÙ SCAMPO, CONSEGNAMI MICKY E BOBBY!
MALEDETTI! TUTTA COLPA DI QUELLE DOPPIOGIOCHISTE!
GOD
BASTA, MORTIS! IO TI VOGLIO BENE, MA STAI ESAGERANDO...
SONO STANCA DI ESSERE MALTRATTATA! E QUESTO GIOCO È DURATO ANCHE TROPPO!
GIOCO?
QUESTO NON È MAI STATO UN GIOCO! E IO NON MI FERMERÒ!

LASCIATE FARE A ME!
FERMO! È FINITA!
VA BENE, VA BENE... MA STAMMI LONTANA!
POSA QUELLA BIBITA! SUBITO!
VA BENE, ROBY, LA METTO GIÙ...
KAREN!

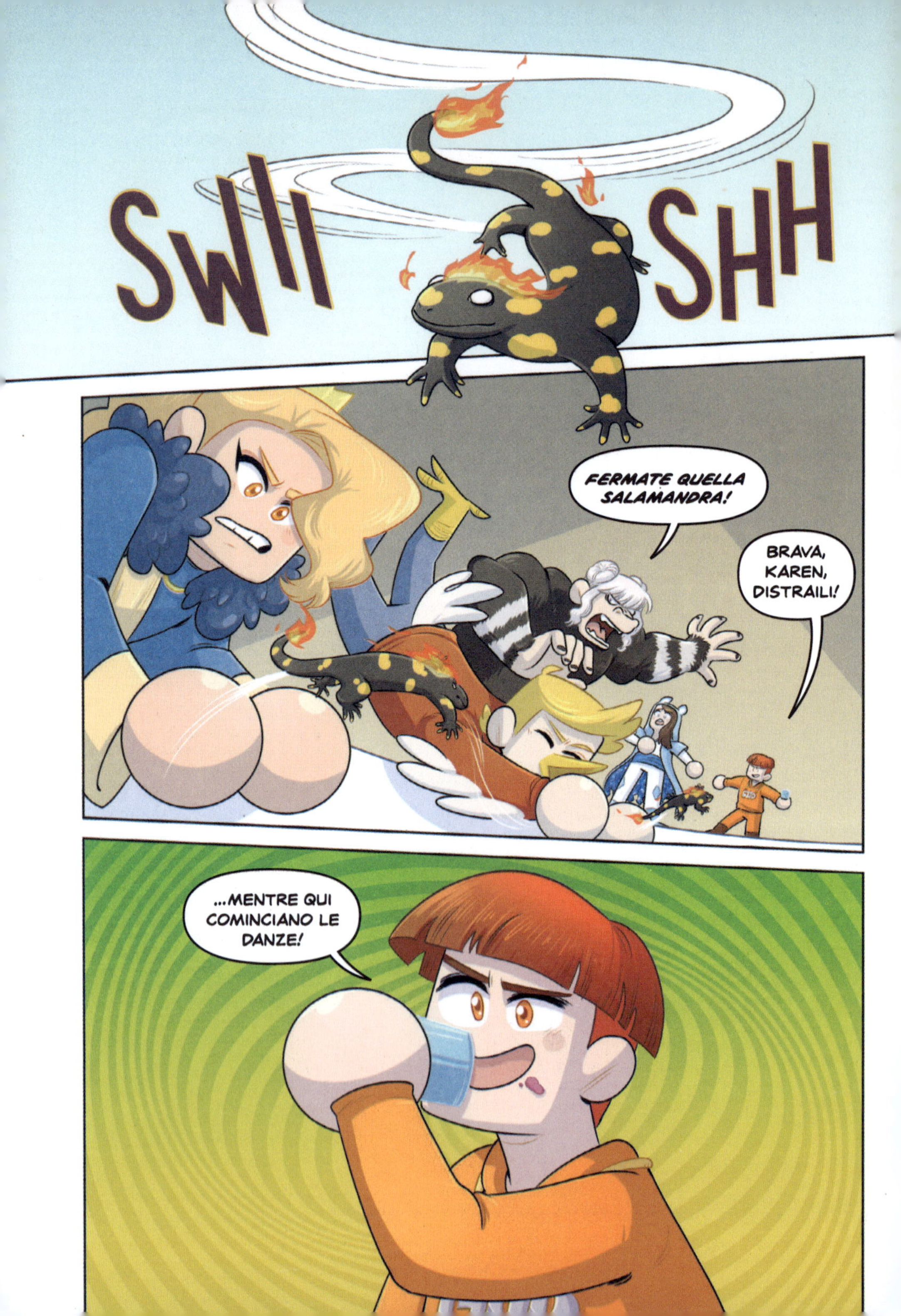
SWIISHH
FERMATE QUELLA SALAMANDRA!
BRAVA, KAREN, DISTRAILI!
...MENTRE QUI COMINCIANO LE DANZE!

WHOOOSHHH
NO! QUESTO NON CI VOLEVA!
ORA SÌ CHE SIAMO AD ARMI PARI, NEMICA MIA!

ASSAGGIA LE MIE FIAMME!
VEDIAMO COSA SARAI IN GRADO DI FARE SENZA I TUOI AMICI!
NOOOOO!
SBRAMM

S-SANTO CIELO...
FORZA, RAGAZZI, DA QUESTA PARTE! LIBERIAMO MICKY E BOBBY!
TU VIENI CON ME, PICCOLO...
URGH! SEI *VISCIDINO E SCHIFOSINO*, PERÒ MICKY HA RAGIONE, SEI SIMPATICO!
TRANQUILLI, RAGAZZI, CONOSCO QUESTO POSTO A MEMORIA, SO IO COME LIBERARE IL VOSTRO AMICO!
TLAC
FWOOOSH

MA COSA...
OH, MAMMA! MI HANNO IBERNATO! SONO TORNATO NEL FUTURO!
MA NO, STUPIDO! PURTROPPO SEI ANCORA NEL PRESENTE CON NOI!
BENTORNATO, MICKY! ORA ANDIAMO AD AIUTARE ROBY!
NEL FRATTEMPO...
NON POSSO LASCIARTI VINCERE!
NON DOPO QUELLO CHE HAI FATTO!
WOOOSH
AH! AH! SEI DEBOLE. PROPRIO COME LA TUA AMICHETTA ROSA...
E FARAI LA SUA STESSA FINE!

NON TI PERDONERÒ MAI...
...PER AVER FATTO DEL MALE A PINKY!
SWAAM
MA COSA...?
NOOOO!!!
E ORA AVRÒ LA MIA VENDETTA!
NO!
ROBY, AMORE, FERMATI!
TU SEI BUONA, NON FARTI ACCECARE DALLA RABBIA!
SÌ, HAI RAGIONE...
È CIÒ CHE VORREBBE ANCHE PINKY!
CHE SCIOCCA...

AH!
ERA LA TUA OCCASIONE, MA TI SEI FATTA DISTRARRE.
ORA NON MI FERMERETE PIÙ!
CLIC
STA LIBERANDO GLI ALTRI PET! STATE ATTENTI!
E ORA DIVENTERÒ IMBATTIBILE!
WHOOOOSHHHH

BLOXWATCH

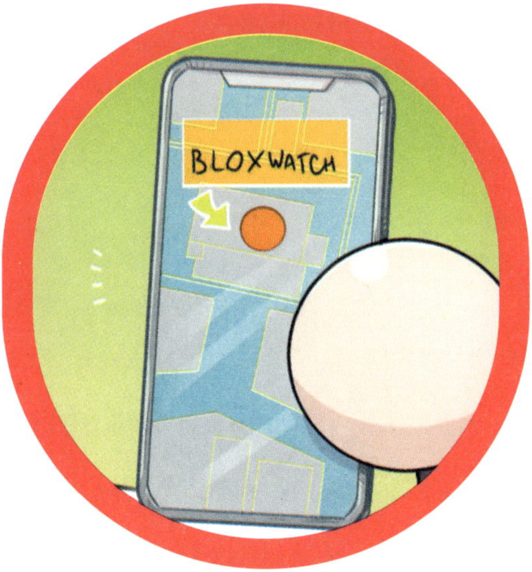

La Bloxwatch è un'organizzazione segreta che ha l'obiettivo di rendere Mortis il principale supereroe della città e di farlo diventare famosissimo. Per sua fortuna, Mortis può contare sul denaro e sugli uomini che suo padre gli mette a disposizione, cosa che gli consente di acquistare le apparecchiature tecnologiche più all'avanguardia e di avere un folto gruppo di agenti al proprio servizio.

Il quartier generale della Bloxwatch è nella cameretta di Mortis, che lui ha trasformato in una base operativa con i fiocchi. Mortis è il Comandante Supremo dell'organizzazione e tutti devono obbedire ai suoi ordini... anche Blacky, sua amica e braccio destro, che dice di essere sempre disposta a dargli una mano. Ma sarà davvero così?

LA BASE DELLA BLOXWATCH

PRIMA

DOPO

CAPITOLO 5

LA RESA DEI CONTI

PER LA MISERIA!
È GIGANTESCO!
SONO GIGANTESCO, SÌ...
E QUESTA È LA VOSTRA FINE!

SBRAAMM
NO!
DA SOLA NON CE LA FARÒ MAI!
AMORE, STAI ATTENTA!
SCIAK
SCIAK
SCIAK
RAGAZZI, NON POSSIAMO STARE QUI IMPALATI!
FONDIAMOCI E FERMIAMOLO!
SÌ, HAI RAGIONE!
DIVENTIAMO DEI VERI SUPEREROI... AIUTIA-MO ROBY!
WHOOOSHHH

QUANDO TI AVRÒ SCONFITTA, MI UNIRÒ A POLAR E DIVENTERÒ ANCORA PIÙ FORTE!
PER LA MISERIA, NON POSSO FARCELA!
ADDIO, ROBY!
YAAAAHHHH!

AAAAHHHH!
FWO

OMMMM
NNGHHH!

REROLL, TI SEI TRASFORMATO!
GHHH...
SÌ, E ORA TI AIUTEREMO TUTTI INSIEME!
PRENDI QUESTO!
SCIAK
SCIAK
SCIAK
SCIAK
CHE DIAVOLO...?
MA COSA...?
TOCCA A ME!
COSÌ IMPARI A SENTIRTI SUPERIORE A TUTTI!
ZIP
ZIP

RAGAZZI, SIETE FANTASTICI! E ORA CHE È FERMO...
FWOOSH
NO... NO...
METTIAMOLO FUORI GIOCO UNA VOLTA PER TUTTE!
PER PINKY E PER TUTTI I PET CHE HAI FATTO PRIGIONIERI!
SWOO
OM

WHA
AM
AAAAHHHH!

NNHHH...
CE L'ABBIAMO FATTA!
EVVIVAAA!
MISSIONE COMPIUTA. ADESSO POSSIAMO SEPARARCI DAI NOSTRI PET!

WHOOOSHHH
GUARDATE, I PET STANNO FUGGENDO!
FORSE ERANO STATI RUBATI... CHISSÀ, MAGARI STANNO TORNANDO DAI PROPRI PADRONI.
EHI, È FINITA, NON C'È DA ESSERE TRISTI!
INVECE SÌ! ABBIAMO VINTO, MA PINKY NON C'È PIÙ...
E NON POSSIAMO FARCI NIENTE!

EHI, E QUELLA COS'È?
NON NE HO IDEA, MA...
COSA STA SUCCEDENDO?
SANTO CIELO! TUTTO QUESTO TEMPO NELLA SUA TASCA... NON POTETE IMMAGINARE LA PUZZA!
P... PINKY?!
PENSAVO DI AVERTI PERSA PER SEMPRE!
PIANO, MI SGUALCISCI IL VESTITO!
MI SIETE MANCATI, RAGAZZI!

QUESTA SCENA MI SEMBRA DI AVERLA GIÀ VISTA. PERCHÉ TE NE STAI IN DISPARTE, MICKY?
NON HO IL DIRITTO DI ABBRAC-CIARVI...
QUELLO CHE È SUCCESSO... È TUTTA COLPA MIA!
AVREI DOVUTO ASCOLTARVI. VOI SIETE DEGLI AMICI FANTASTICI E IO NON VI MERITO...
È VERO, FORSE DOVEVI DARCI RETTA, MA ANCHE NOI ABBIAMO SBAGLIATO.
SOPRATTUTTO IO, CHE IN PASSATO NON AVEVO UN PET E PER QUESTO SONO STATA MALE!
CI DOBBIAMO ENTRAMBI DELLE SCUSE.
VA BENE, HO IMPARATO LA LEZIONE.
E SONO PRONTO A DIRE ADDIO A BOBBY!

QUINDI... ADDIO, BOBBY. VAI PER LA TUA STRADA!
SEI STATO UN BRAVO PET...
NO, MICKY, ASPETTA! NON CE N'È BISOGNO!
E INVECE SÌ. AVEVI RAGIONE A DIRE CHE ERA PERICOLOSO E...
FORSE L'HO GIUDICATO MALE.
IN FONDO, SE NON CI AVESSE PERMESSO DI FONDERCI, NON AVREMMO POTUTO RISOLVERE LA SITUAZIONE!
QUINDI, MIO CARO BOBBY, TI RICONOSCO UFFICIALMENTE COME *PET DA COMPAGNIA* AL 100%!
SÌ, INSOMMA... TI DOVREMO INSEGNARE UN PO' DI COSE, MA SONO SICURO CHE SARAI UN OTTIMO AMICO!
URGH!

MIO DIO! HAI SENTITO, BOBBY?
POSSIAMO RIMANERE INSIEME!
PERÒ DA ADESSO NIENTE PIÙ POTERI, VA BENE?
IN REALTÀ È UN VERO PECCATO!
GIÀ! MI MANCHERÀ FARE LE UOVA!
FRANCY, CHE SCHIFO!
PERÒ FORSE HAI RAGIONE, POLAR. QUEI POTERI SONO TROPPO PERICOLOSI!
ORA DOBBIAMO SOLO ASSICURARCI CHE MORTIS NON...
MA...

DOVE È FINITO?!

IN UN LUOGO MISTERIOSO...
E COSÌ ROBY E I SUOI AMICI HANNO DI NUOVO SALVATO LA CITTÀ.
STAVOLTA A METTERE TUTTI IN PERICOLO È STATO IL GIOCO FOLLE DI UN RAGAZZO CHE AVEVA RIBATTEZZATO LA SUA CAMERETTA "BLOXWATCH".
GRRR...
GOD
MI TRATTANO COME SE FOSSI LO ZIMBELLO DEL QUARTIERE... SU TUTTI I CANALI!
FLIP
MA NON FINISCE QUI!
CERTO, LA *BLOXWATCH* AVRÀ ANCHE CHIUSO...
...MA NOI DUE CI RIVEDREMO, ROBY!

TRASFORMAZIONI

Quando Roby si unisce a Polar acquisisce i poteri del freddo e del ghiaccio, diventando Polar Girl. Può così congelare i nemici e immobilizzarli sul posto: un trucco che le permette di liberarsi di loro senza usare la violenza. Ma non è tutto rose e fiori, perché al termine della battaglia il ghiaccio da lei creato si scioglie e diventa acqua... E Roby non sa nuotare!

MOSSA SPECIALE: Sguardo congelante
Quando Polar Girl si arrabbia, lancia dagli occhi micidiali vortici di neve ai quali nessun avversario riesce a sfuggire.

SUPER DEBOLEZZA: Dato che è la regina dei ghiacci, Polar Girl è particolarmente vulnerabile al fuoco. Forse è anche per questo motivo che lo scontro con Mortis l'ha messa in difficoltà.

ROBY
Polar Girl

Francy e Popollo si fondono per diventare Eggboy, un supereroe con i poteri... del pollo, appunto! Riuscire a fare le uova potrebbe sembrare una capacità di poco conto quando si è davanti a nemici arrabbiati, ma non bisogna sottovalutare il fatto che se serve Eggboy può produrre uova gigantesche. E che, eventualmente, sono anche adatte per essere fatte al tegamino!

MOSSA SPECIALE: Attacco strapazzato
Eggboy può lanciare uova con l'albume così gelatinoso da bloccare i nemici... e da rendere impossibile montarlo a neve.

SUPER DEBOLEZZA: Purtroppo, anche se trasformato, è sempre Francy: dategli una fornitura di banane e smetterà di combattere finché non le avrà mangiate tutte.

FRANCY
Eggboy

Che Bobby non sia uguale agli altri Pet ormai l'abbiamo capito. Per cui quando si unisce a Micky, trasformandolo in Octobob, gli dà un potere tutto particolare: una serie di lunghi tentacoli che si muovono autonomamente spazzando via gli avversari. Chi l'ha detto che i mostri devono essere per forza brutti e cattivi? Bobby può non essere carino, ma si è dimostrato un grande amico utile in battaglia!

MOSSA SPECIALE: Frustata lampo

Grazie ai colpi improvvisi dei suoi tentacoli, Octobob può sbilanciare i nemici o addirittura spazzarli via. E si diverte un sacco a farlo!

SUPER DEBOLEZZA: Se Micky non si sente apprezzato, perde ogni sicurezza in sé e i nemici riescono a sconfiggerlo facilmente.

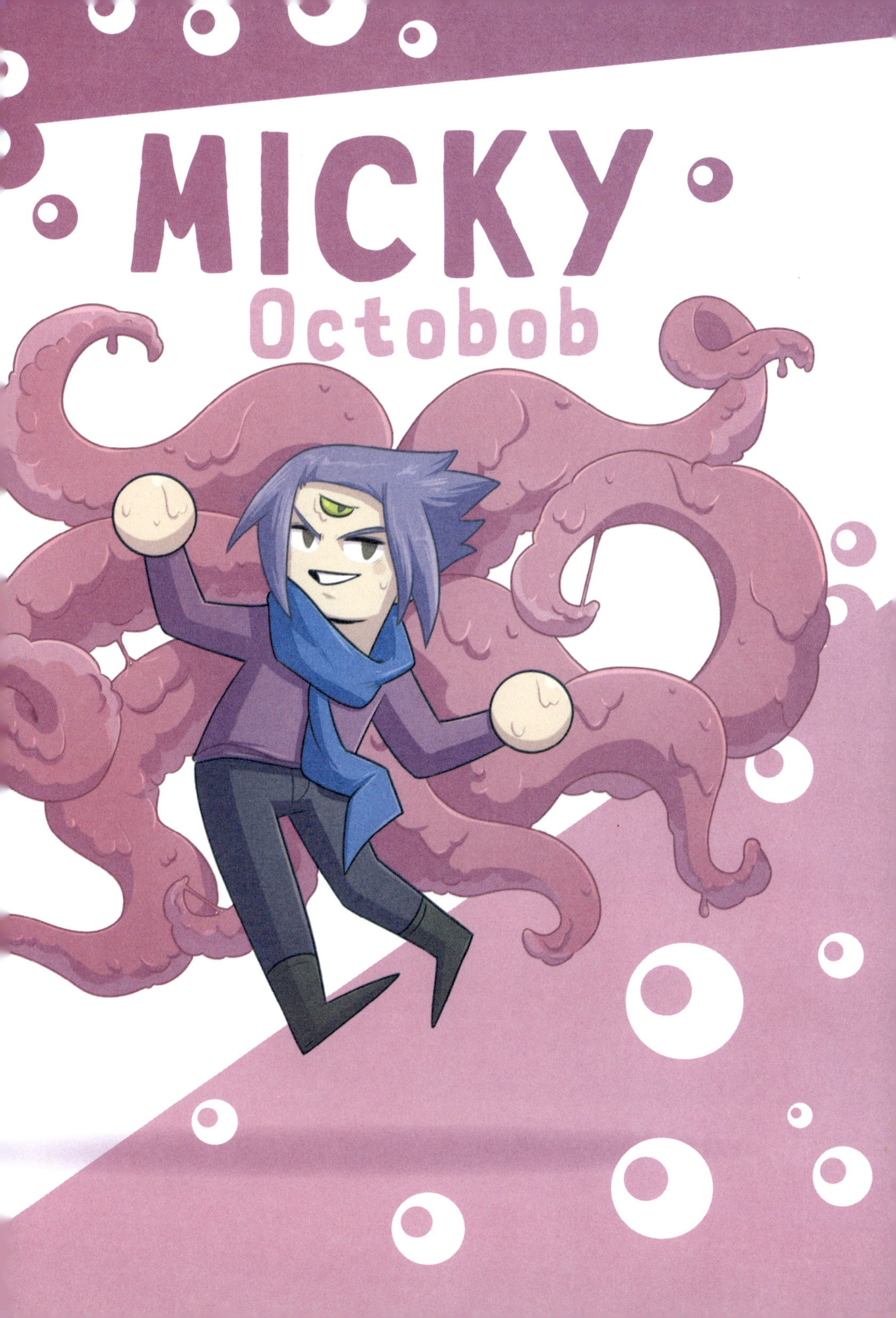
MICKY
Octobob

Reroll e Boxy si uniscono per formare Behemoth, un campione di arti marziali che non sfigurerebbe sui ring del wrestling. Tramite la velocità di gambe e i pugni potenti colpisce i nemici con precisione e rapidità. Quando la situazione si fa dura, i duri come Behemoth sono gli elementi giusti da avere in squadra!

MOSSA SPECIALE: Supersalto

Behemoth può fare balzi lunghi parecchi metri, comparendo all'improvviso accanto a un avversario e cogliendolo di sorpresa.

SUPER DEBOLEZZA: Behemoth dovrebbe saltare solo all'aperto perché ha un po' di problemi a gestire le altezze... Per questo motivo i soffitti gli provocano spesso un gran mal di testa.

REROLL
Behemoth

Cosa c'è di meglio che poter volare e sparare pungiglioni a volontà? Ma è chiaro: poter volare, sparare pungiglioni a volontà e avere una bellissima spada! Sono questi i poteri che Lara acquisisce quando si fonde con Queen, il suo Pet, diventando Miss Bee. Lara non è simpatica a tutti, e nemmeno le api lo sono. Ma quando si uniscono formano una creatura davvero magnifica.

MOSSA SPECIALE: Tempesta di aghi

Miss Bee può lanciare una raffica di pungiglioni d'ape super appuntiti e in grado di conficcarsi in qualsiasi cosa. Ahia!

SUPER DEBOLEZZA: Lara non sopporta le persone che piangono, e quando diventa Miss Bee la sua insofferenza aumenta al punto che le basta entrare in contatto con una sola lacrima per perdere tutti i poteri.

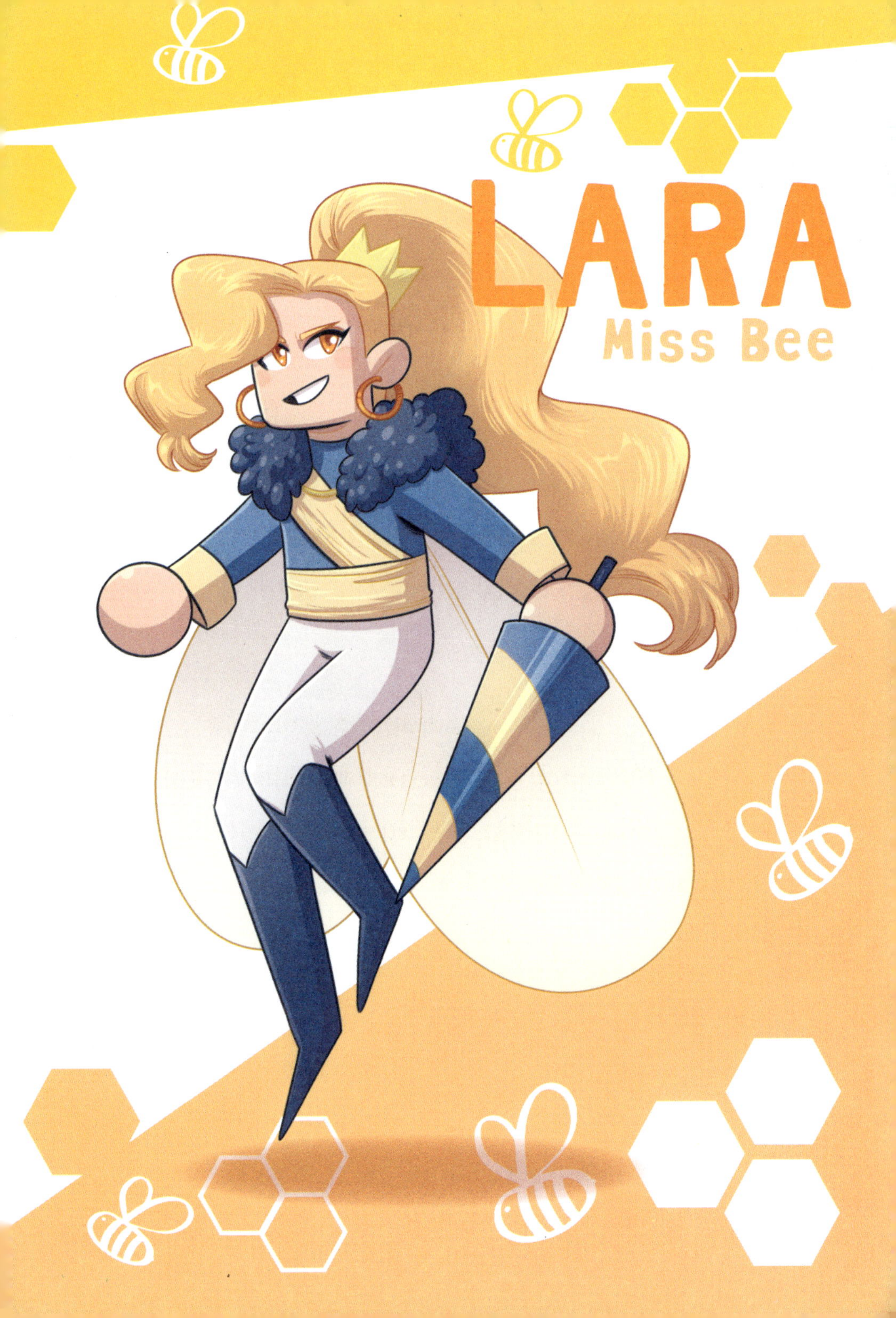
LARA
Miss Bee

Blacky, unendosi a Grongo, diventa Evolution Woman, un gorilla pelosissimo capace di buttare giù le pareti con un pugno e di fermare i colpi degli avversari a mani nude. A Blacky piace molto l'aspetto che assume quando si trasforma... Ah, se solo i Turpizozzi potessero mettere una foto di Evolution Woman sulla copertina del loro prossimo album!

MOSSA SPECIALE: Manata suprema

Evolution Woman è fortissima e con un singolo colpo è in grado di distruggere interi edifici. Cerca di non farlo solo perché altrimenti le crollerebbero addosso.

SUPER DEBOLEZZA: Evolution Woman non è molto brava a gestire le sue grandi dimensioni, per cui a volte si incastra nei passaggi più stretti. E quando succede... che figuraccia!

BLACKY
Evolution
Woman

Mortis, grazie alla Superbloxcola, è Piudituttoman e può trasformarsi in tutto quello che vuole fondendosi con più Pet contemporaneamente. Questo lo rende un nemico temibile e formidabile, dal quale ci si può aspettare qualsiasi cosa. Trovarselo davanti è spaventoso: la sua potenza, infatti, è uguale solo alla sua bruttezza. E Piudituttoman è molto brutto!

MOSSA SPECIALE: Megaflame

Trasformandosi in Piudituttoman grazie a Karen, il suo Pet principale, Mortis acquisisce i poteri del fuoco. Stategli lontano, o perlomeno portate con voi la crema solare!

SUPER DEBOLEZZA: Piudituttoman non resiste alla forza dell'amicizia. È potentissimo, ma quando i suoi avversari si alleano per lui non c'è scampo!

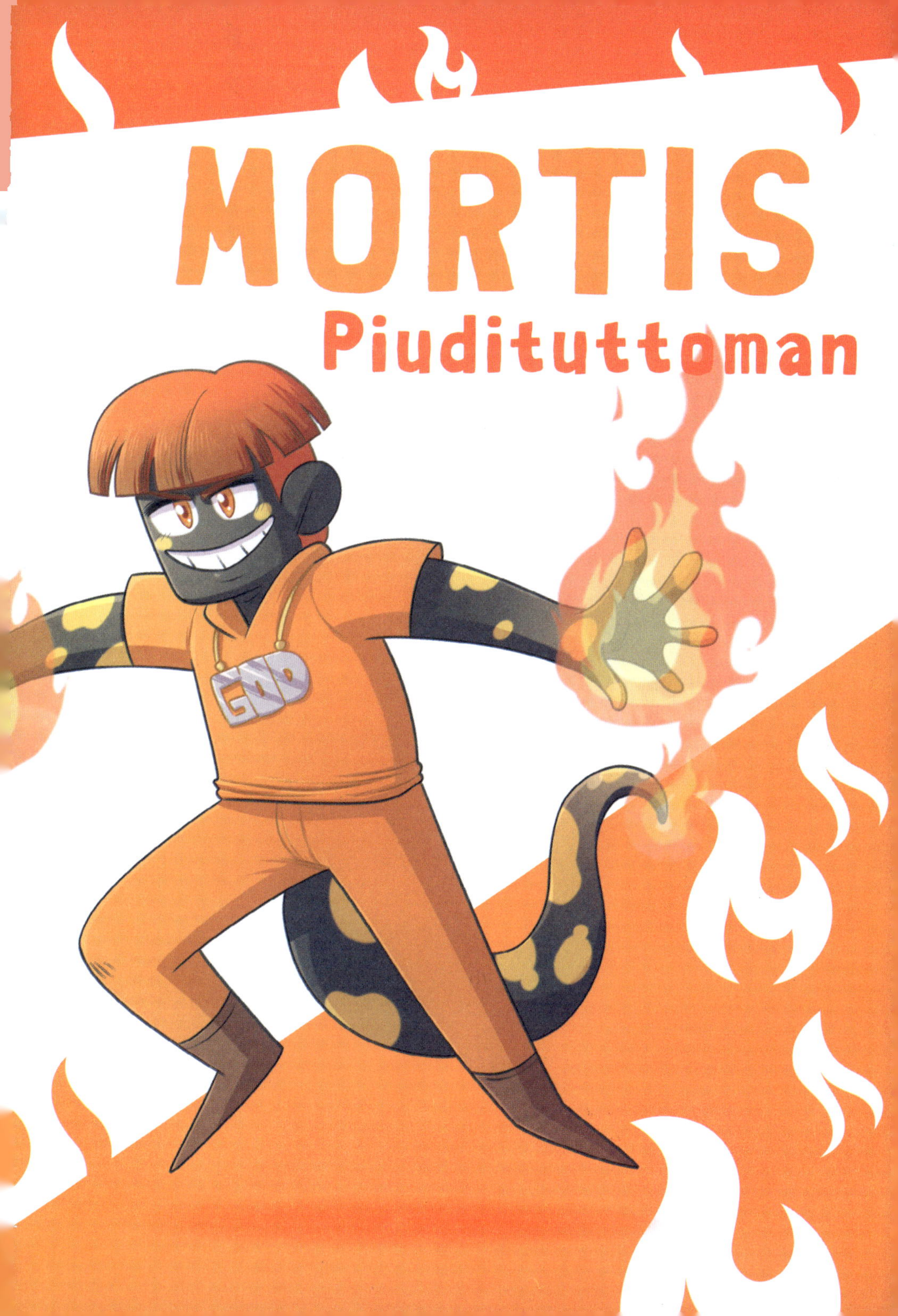
MORTIS
Piudituttoman

Finito di stampare
nel mese di ottobre 2022 presso
DECIBEL GROUP S.r.l. – Lainate (Milano)
Printed in Italy.